AF369473

DISCOURS

SUR CETTE QUESTION:

Si le Siecle d'Auguste doit être préféré à celui de Louis XIV, relativement aux Lettres & aux Sciences.

Par M. le Comte D'ALBON,

De la plupart des Académies de l'Europe.

Nullius in verba.

A PARIS,

Chez MOUTARD, Imprimeur-Libraire de la REINE, dé MADAME, & de Madame Comtesse D'ARTOIS, rue des Mathurins, hôtel de Cluni.

M. DCC. LXXXIV.

DISCOURS

SUR CETTE QUESTION:

Si le Siecle d'Auguste doit être préféré à celui de Louis XIV, relativement aux Lettres & aux Sciences.

L A gloire la plus folide qu'un peuple puiffe acquérir, eft celle qui tire fon éclat de la Littérature & des Sciences. Eh ! quel autre genre de gloire pourroit-on mettre en balance avec celui-ci ? Douces & bienfaifantes, elles chaffent la barbarie, policent les mœurs, adouciffent les caracteres, uniffent les hommes entre eux en rapprochant & confondant leurs intérêts réciproques, fervent de lien aux Nations même les plus ennemies, font connoître les abus politiques en indiquant les remedes, écartent les vices, établiffent le regne des vertus, tracent aux générations futures une lumiere qui leur

A

montre les écueils qu'elles doivent éviter pour arriver à la félicité & à la splendeur.

Parmi les Siecles de Littérature que l'Hiſtoire nous préſente, il en eſt deux principalement qui méritent d'être diſtingués ; ceux d'Auguſte & de Louis XIV (*a*). Un Bel-Eſprit (*b*) a fait avec beaucoup de goût, de préciſion & de juſ-teſſe le parallele de ces Monarques ; ainſi je n'entreprendrai pas de montrer leur reſſemblance, qui d'ailleurs me conduiroit hors de mon ſujet. Je me contenterai de dire que, nés preſque avec les mêmes paſſions & dans les mêmes conjonctures, ils comprirent qu'en vain ils épouvanteroient la terre du bruit de leurs exploits, s'ils ne deve-noient les protecteurs des Lettres, s'ils n'accueil-loient les talens à leur Cour avec cette diſtinc-tion qui leur eſt due, s'ils n'avoient même pour amis des Poëtes & des hommes éloquens qui célébraſſent leurs victoires, chantaſſent leurs bien-faits dans des Ouvrages admirés par la Poſtérité.

Qu'on ne croie pas cependant que leurs Siecles aient été élevés au même degré de gloire par

---

(*a*) Je comprends ſous ce Siecle les regnes de Louis XIV & de Louis XV ; & ſous le Siecle d'Auguſte, les regnes de Jules-Céſar, d'Auguſte, & la moitié de celui de Tibere : ce qui forme environ cent dix-huit ans.

(*b*) Le Préſident Hénaut, dans ſon Abr. Chron. de l'Hiſtoire de France.

les Gens de Lettres & les Savans qu'ils ont produits. La Nature ne difpenfe pas fes faveurs avec la même libéralité ; & les talens, quoique femblables, ne font pas les mêmes, ainfi que la culture qui les perfectionne toujours, & qui quelquefois leur donne l'être & la vie. Quel eft donc de ces deux Siecles Littéraires, celui à qui nous devons adjuger la palme ? Je ne crains pas de le dire, c'eft le Siecle de Louis XIV. Les lumieres y ont été plus étendues, & le nombre des Ecrivains fupérieurs, beaucoup plus grand. Rendons juftice aux Anciens, mais ne la pouffons point à l'excès ; n'élevons pas leurs ftatues fur les débris de la Littérature la plus brillante que nous ayons eue ; examinons fans préjugé, louons fans flatterie, décidons fans partialité. Pour traiter cette queftion avec quelque ordre, je confidérerai féparément toutes les branches des Lettres & des Sciences ; je parlerai des Auteurs qui ont excellé dans chaque genre fous les Siecles d'Augufte & de Louis XIV ; je les comparerai, & je montrerai en quoi ils ont triomphé les uns des autres. On verra aifément par la continuité de ce tableau, fi l'avantage fe trouve du côté des Ecrivains François.

Les Auteurs du Siecle d'Augufte avoient devant eux les plus beaux modeles ; comme nous, ils comptoient des Anciens qu'ils pouvoient imi-

ter, & qu'ils imiterent en effet. L'esprit de l'homme
avoit passé de bien loin l'âge de l'enfance ; il
étoit parvenu à ce degré de force au delà duquel il doit décliner, s'affoiblir & tomber. On
avoit consulté la Nature , étudié les passions ,
développé leurs ressorts cachés ; la Philosophie
avoit formé un corps de morale lumineuse ,
pure, consolante ; les observations étoient venues
à la suite de l'expérience , & la raison, de concert avec le sentiment , avoit fixé les regles du
bon goût. Homere , Pindare , Eschile, Sophocle , Euripide , Platon , Démosthene , Ménan-
dre , Aristophane , Théocrite , Anacréon , Sapho,
Moschus , Bion , Xénophon , Thucydide , &c.
s'étoient acquis une réputation éclatante par des
Productions qu'on lira toujours , qu'on s'efforcera
toujours de copier , malgré le regne de l'antithese & du faux bel-esprit.   .

Rome n'avoit songé, pendant plusieurs Siecles,
qu'à étendre les limites de ses conquêtes ; peu
jalouse de la gloire de l'esprit , elle laissoit la
Grece jouir de l'empire des Beaux-Arts. La
victoire l'appelle vers cette florissante contrée ,
& couronne ses desseins. Rome barbare donne
des loix à la Grece éclairée. De leur union na-
quit une communication de connoissances qui
dissipa l'ignorance de Rome, & introduisit dans
son sein l'amour des Lettres. Ainsi, dit un

Poëte, la Grece vaincue foumit à fon tour fon vainqueur.

Les Grecs formerent les Romains, & quoique ce foit-là leur plus fublime ouvrage, on ne peut difconvenir qu'en peres tendres ils n'aient enrichi ceux qui font nés d'eux. Les Latins n'ont donc pas plus que les François le mérite de l'invention ; je ferai même voir en fon lieu, que ceux-ci ont créé plufieurs genres qui étoient inconnus dans l'Antiquité.

Avant le Siecle d'Augufte, la Langue Romaine s'étoit ornée, perfectionnée par les beautés de la Grecque. Si Plaute avoit de fades plaifanteries, des pointes dégoûtantes, des équivoques groffieres ; fi fes Vers étoient dépouillés des charmes de l'harmonie ; fi la cadence & le nombre ne les faifoient pas couler avec grace, ils avoient cependant de la force, de la correction, de l'élégance ; c'eft le fentiment de Varron & celui d'Aulu-Gelle. Mais qu'on confidere un inftant ce qu'étoit la Langue Françoife avant Louis XIV ; elle erroit au hafard, fans frein, & fans regles ; obfcure, groffiere, peu propre à flatter l'oreille, elle n'avoit en fa faveur qu'un ton d'énergie & de naïveté. Combien a-t-il fallu d'efforts pour lui donner de la grace, de l'élégance, de la clarté, pour la plier fous les loix périodiques de l'harmonie, pour lui imprimer ce caractere de nobleſſe & de grandeur qui ne ſouffrent rien de trivial & de bas ? Ces obſtacles ſurmontés, ces ſuccès dus aux travaux du Siecle de Louis XIV, ſont le premier trait de ſa victoire ſur celui d'Auguſte. Parcourons maintenant les ſentiers de la Littérature & des Sciences, & préſentons les fleurs que les Auteurs des deux Siecles y ont cueillies, pour déterminer enſuite la préférence qu'on doit leur donner.

L'admiration que produit l'Epopée ne peut être que l'ouvrage d'un génie ſublime, mâle, étendu ; ce qui éleve l'ame, ce qui la pénetre & l'échauffe, ce qui produit dans elle tous les intérêts, demande la réunion de tous les talens. Quelle ſcabreuſe carriere, & combien eſt-elle fameuſe par des chûtes ? L'Enéide de Virgile eſt une des plus belles Productions de l'Antiquité ; c'eſt un Livre claſſique qu'on lit à tout âge. Vivacité d'imagination, chaleur de ſentiment, fineſſe de goût, force, conciſion, grace de ſtyle, ce ſont-là les côtés brillans de l'Ouvrage qui étonne & enchante. Ce que Quintilien a dit d'Homere, peut, à bien des égards, s'appliquer de même au Poëte Latin ; il eſt élevé dans les grandes choſes, il embellit les petites ; riant & ſerré, agréable & grave, admirable par ſon abondance & par ſa briéveté. Comme ſes expreſſions ont de propriété & de

charmes ! comme ſes tournures ſont vives, l'harmonie douce & imitative ; les vers coulans
& faciles, le coloris brillant & naturel, les
images remplies de feu, les tableaux riches &
variés ! Ne diroit-on pas que le Poëte a ſoumis
à ſon pinceau le monde entier ? Combien a-t-il
mis d'intérêt & de rapidité dans ſa narration ! que
de pompe dans ſes deſcriptions ! que de vérité
dans les mœurs ! que de mouvemens dans ſes
perſonnages ! que d'art pour ne pas le faire
ſentir !

Les détails ont des beautés frappantes. On ne
peut rien ajouter à la perfection du ſecond Livre
& du ſixieme ; le quatrieme eſt encore un
plus grand chef-d'œuvre : mais ſi l'on conſidere
ce Poëme dans ſon enſemble, il fournit une
ample matiere à la critique : on n'y trouve aucune invention ; l'Iliade & l'Odyſſée y ſont fon-
dues ; Enée, dans les ſix premiers Livres, reſſemble à l'Ulyſſe de l'Odyſſée qui voyage &
raconte ; & dans les ſix derniers, à l'Achille
de l'Iliade qui combat. La deſcente d'Enée aux
enfers, la deſtruction de Troie, les amours de
Didon & d'Enée ſont d'Homere, de Piſandre,
& d'Apollonius de Rhodes. Les parties manquent
de liaiſon, & ne naiſſent pas les unes des autres.
Pluſieurs incidens ſont étrangers à l'action prin-
cipale ; il eſt des morceaux de ſurcharge qu'on

pourroit ôter fans affoiblir l'ouvrage. En vain
Vénus verfe des larmes pour toucher Jupiter en
faveur de fon fils Enée : ce Dieu des deftinées aban-
donne le fort des deux Héros, fans prendre parti ni
pour l'un ni pour l'autre ; c'eft un être nul, qui,
à ce qu'il dit, ne veut fe mêler de rien : n'y a-t-il
pas à cela de l'invraifemblance ? Eft-il également
naturel qu'Enée laiffe fa femme Creüfe au milieu
de Troie fur le point d'être renverfée & réduite
en cendres ? Je ne dis rien des vaiffeaux changés
en Nymphes qui vont au devant de ce Prince
pour l'inftruire de certains événemens, de la
fable des Harpies, des affiettes mangées par les
Troyens. Puifqu'Enée eft religieux, pourquoi
nourrit-il la flamme de Didon, la berce-t-il par
des efpérances, pour l'abandonner enfuite à la
fureur de fa paffion ? Que lui a fait Turnus dont
il rompt l'alliance future & traverfe le bonheur ?
Quel droit a-t-il fur Lavinie, & ne doit-il pas
en être regardé comme le raviffeur ? Turnus
touche, attendrit ; on s'intéreffe plus à lui qu'à
Enée. Latinus, pere de Lavinie, n'avoit qu'à
parler pour terminer la querelle ; cependant il
eft fans volonté, &, tout tremblant, il s'en-
fonce dans fon palais pour attendre que la victoire ait marqué la deftinée des deux combattans ;
ce caractere eft d'un lâche, & fuppofe une trop
grande foibleffe.

Malgré toutes ces taches, l'Enéide aura toujours une des premieres places parmi les Productions de l'efprit humain. Mais la France peut lui
comparer un Ouvrage qui, quoiqu'écrit en profe,
n'en eft pas moins un Poëme, fi la Poéfie confifte
dans les images, les fentimens & l'harmonie,
comme Horace paroît le juger. Les aventures de
Télémaque renferment tous les caracteres de l'E-
popée. Une imagination riante, une fenfibilité ex-
quife, un goût délicat & sûr, une étude réfléchie
des Anciens, ont fait de Fénélon un génie des
plus heureux. Infpiré par les Graces, il a donné à
fon ftyle, des agrémens & un charme qu'on ne
trouve point ailleurs parmi nous. Quelle dignité,
quelle harmonie, quelle douceur, quel naturel !
Tout y eft penfé, fenti, peint avec nobleffe ; tout
y refpire une morale douce, bienfaifante, propre
aux hommes de tous les âges & de tous les états.
Par-tout on reconnoît le langage de l'ame ; l'efprit
feme fes fleurs avec une profufion qui ne nuit pas ;
les idées & les expreffions coulent fans art & avec
une abondante facilité ; l'intérêt croît par degrés,
les caracteres ne fe démentent jamais, l'action
marche fans efforts ; ce qui n'eft pas dans Virgile.
Les récits féduifent, fubjuguent, & caufent un
plaifir continu ; on ne ceffe de lire cet Ouvrage
qu'avec regret, tant le cœur s'y attache infenfible-
ment. Les défauts de Télémaque confiftent dans

quelques longueurs, quelques defcriptions répétées, quelques objets trop minutieux; mais ils font de peu d'importance, & de détail, à la différence de ceux du Poëte Latin, qui fe trouvent effentiels, & dans l'enfemble. Je n'ai garde cependant de placer le Télémaque au deffus de l'Enéide; Virgile avoit plus de difficultés à vaincre, & le metre du vers latin demandoit plus de talens que la profe françoife, quelque harmonieufe qu'elle foit. Je me bornerai à dire que l'un ne le cede point à l'autre, & que, toute compenfation faite, ces deux rivaux ne fe font pas furpaffés.

La Henriade de Voltaire eft, à la verité, dénuée d'invention. Le merveilleux, reffort principal de l'Epopée, quoi qu'en ait dit un Italien (a), n'y domine point; la Divinité n'intervient pas conftamment, pour agir comme caufe premiere, & l'on ne la voit que dans un épifode imité. Le ftyle fatigue par fa monotonie; les portraits font prefque tous du même deffin & de la même couleur. Il y a cependant une foule de beautés qui plairont dans tous les temps; l'entrevue de Henri IV avec le Solitaire de Jerfey, le maffacre de la Saint Barthelemi, l'affaffinat de Valois, la defcription du

____

(a) M. Cochi.

Temple de l'Amour, l'apparition de Saint Louis
& ce qu'il raconte, la bataille d'Ivri, le combat
de Turenne & d'Aumale. L'éloquence du fentiment, le feu de la Poéfie, les graces de l'expreffion animent ces endroits. Le caractere de
Henri IV, & celui de Philippe de Mornay,
font foutenus, achevés; l'un eft un Héros fen-
fible, tendre, clément, qu'on aime ; l'autre, un
Philofophe vrai, un ami fincere, un homme
vertueux, un fage qu'on refpecte. Henri IV
eft fait pour Mornay, & Mornay pour Henri
IV. Du goût dans la diftribution des parties,
de l'art dans la liaifon des événemens, de la
majefté dans l'élocution, de la poéfie dans le
ftyle ; c'eft ce que la Henrìade préfente
à tous ceux que l'efprit de parti n'aveugle
point.

En Epopée comique, le Lutrin de Boileau
fait un Ouvrage qu'aucune Nation ancienne
& moderne n'a eu la gloire d'égaler. Il lui a
fallu la plus grande fécondité de génie pour tirer
d'une matiere auffi ftérile, une fource fi vive
de beautés. Tout y eft créé, à la réferve du
fujet & de l'action, confondus l'un dans l'autre. Les caracteres jouent admirablement entre
eux. Il n'eft pas un Chant qui ne foit rempli
d'images riches, poétiques, & embelli par la
plaifanterie la plus fine. On trouve à chaque

inftant le talent fingulier de dire des chofes communes, d'une maniere neuve & intéreffante. Les mots font toujours propres, les penfées juftes & liées entre elles, l'harmonie imitative; le mécanifme du vers eft fi bien compofé, qu'en le démontant on en feroit une excellente profe, mérite que Boileau & Racine poffédoient admirablement. Je ne croirois pas rendre affez de juftice à l'Auteur du Lutrin, que de défigner certaines beautés de cet Ouvrage; c'eft dans fa totalité qu'il faut le préfenter à la Poftérité, comme un monument des plus précieux de l'efprit humain.

La Tragédie, qui fe rapproche fi fort de l'Epopée, & qui fuppofe prefque le même génie, eft un genre où les Romains n'ont jamais réuffi. Le Siecle d'Augufte n'a produit que Pollion, dont les Ouvrages fuffent pour lors eftimés, mais qui ne font point parvenus jufqu'à nous. Combien le Siecle de Louis XIV a-t-il été favorifé par la Mufe tragique? Je ne parle pas de Rotrou, qui s'eft fait un nom par fon Antigone & fon Venceflas, & que Corneille appeloit fon pere; je paffe d'abord à celui-ci, pour en admirer la grandeur. Ce génie étoit né pour de fublimes chofes; c'étoit à lui qu'il appartenoit de peindre le caractere des Héros avec une vigueur & une fierté de crayon dont les Modernes n'avoient point donné d'exemple. Avant que Corneille vînt, notre Théatre étoit en proie à des efprits groffiers & barbares, qui ignoroient toutes les regles. On ne connoiffoit aucune vérité ; les Auteurs, fuivant leurs befoins, doubloient l'action, en prolongeoient le temps, changeoient le lieu de la fcene ; ils n'obfervoient pas même le vraifemblable. Ce grand homme foumit les efprits au joug heureux de la regle. Il réfléchit fur fon art ; il defcendit dans le cœur humain, étudia la politique, l'intérêt des Rois, des Grands & du Peuple, les paffions de tous ; il lia les actes, il noua l'intrigue, il prépara le dénouement, il anima le dialogue ; il fit parler les perfonnages, toujours d'après eux-mêmes. Jamais perfonne n'a mieux connu le contrafte des fentimens. Son ftyle eft mâle, fort, véhément, majeftueux. Dans fes tableaux inimitables, il peint l'homme avec tout l'éclat de la grandeur ; c'eft là qu'on prend de l'énergie, qu'on s'éleve au deffus de fes foibleffes, & jufqu'à l'héroïfme. On lui reproche des inégalités, comme fi le génie pouvoit toujours foutenir fon vol, & que ces taches mêmes ne rendiffent fes beautés encore plus étincellantes ; on l'accufe de négligence dans les vers, d'impropriété dans les termes, d'incorrection dans certaines tournures, & l'on ne fait pas attention qu'il y a près d'un fiecle & demi que

Corneille commença de prendre la plume; on lui reproche quantité de mauvaifes Pieces, & l'on ne réfléchit pas fur fa prodigieufe fécondité, fur la variété de fes caracteres, fur les belles fcenes que fes mauvaifes Pieces nous offrent; on l'accufe enfin d'être déclamateur: ce défaut, quoique réel, paroît être excufable dans la Tragédie, dont les objets demandent d'être vus de loin, parce que l'appareil du Théatre jette dans l'illufion, & augmente la hauteur naturelle des perfonnages. N'exagérons cependant rien dans nos éloges, & avouons avec fincérité que Corneille, à force d'être grand, eft quelquefois gigantefque, comme Lucain qu'il aimoit & lifoit beaucoup. Il ne fera pas moins vrai de dire que l'Auteur François eft un des plus admirables qu'il y ait eu.

Racine, en fe frayant une différente route, s'acquit autant de gloire. Il avoit l'ame moins élevée, mais plus tendre. Il étoit doué de moins de génie, mais fon goût étoit plus fin & plus exquis. Nourri des Tragiques Grecs, & fur-tout d'Euripide, il prit pour modele la Nature; il la peignit avec fes imperfections & fes foibleffes; il prêta à fes Héros des paffions, pour qu'on s'y intéreffât davantage; il mit de la fageffe dans l'ordonnance de fes Pieces; il fe foutint, fit verfer des larmes, & plut. Rien n'eft plus enchanteur que fa Poéfie, toujours animée, remplie de cette chaleur qui échauffe le cœur & embrafe, toujours élégante, correcte, harmonieufe. Si Racine n'eft pas le plus grand de nos Auteurs Tragiques, il eft fans contredit le premier de nos Poëtes. Les caracteres de fes Pieces font trop uniformes, & les Héros trop langoureux. L'amour a plufieurs tons ; il doit foupirer, dans la Tragédie, bien différemment que dans tout autre genre. Après ces deux Génies, il fembloit que la barriere dût être fermée pour toujours ; il parut néanmoins, peu de temps après, un homme étonnant par la force de fon imagination. Corneille élevoit l'ame, Racine l'attendriffoit ; Crébillon, le terrible Crébillon, l'effraya. Le premier a quelque rapport avec Sophocle ; le fecond reffemble à Euripide ; le troifieme a les traits mâles d'Efchile avec plus de régularité. Crébillon créa des caracteres, inventa des fituations, employa des couleurs fombres : fes penfées ont de l'énergie, fes expreffions, de la vigueur ; fa marche eft ferme & vive ; mais fous fa main le reffort effentiel de la Tragédie, la terreur eft pouffée à l'excès, & fe change en horreur. Témoin la coupe qu'Atrée préfente à fon frere Thyefte, pour l'abreuver du fang de fon fils. Sa verfification eft dure, négligée ; fon ftyle inexact. Ses defcriptions, en trop grand nombre, tiennent du ton de l'Epopée.

Du mélange de ces trois manieres, Voltaire s'en eſt formé une qui, ſans le rendre étranger à ces grands Hommes, le rend néanmoins bien différent d'eux. Sublime dans Brutus & la mort de Céſar, tendre dans Zaïre, terrible dans Mahomet, compatiſſant & humain dans Alzire, ſimple & naturel dans Mérope, il maîtriſe, il émeut, il épouvante. Ses vers joignent au mérite de la correction, celui de la douceur, des graces, de la nobleſſe & de l'harmonie. Il ſeroit à déſirer qu'il y eût plus d'invention dans ſes Pieces, qu'il fît toujours parler les perſonnages, au lieu de parler lui-même, pour briller ; que l'Art parût moins ; qu'il fût plus exact dans ſes rimes, & plus ſerré dans ſon ſtyle ; que ſes penſées n'euſſent pas cette tournure philoſophique qui, en les généraliſant, les fait languir, & leur ôte la chaleur du ſentiment : défaut qu'il a introduit ſur la Scène, & que nos Auteurs Dramatiques d'aujourd'hui ſe font gloire de copier.

Le Spectacle où toutes les illuſions des Beaux-Arts ſont réunies pour notre plaiſir, l'Opéra n'a point été connu par les Romains : ſi le fond en eſt dû aux Italiens, c'eſt Quinault qui lui a donné la forme avec laquelle il a paru parmi nous. Ce Poëte, dont Boileau a ſi injuſtement critiqué les talens, étoit fait pour exceller dans cette compoſition. Une extrême facilité à faire des vers, de la

verve

verve pour exprimer les mouvemens impétueux de l'amour, une molleffe de ton pour en peindre les douces langueurs, une abondance merveilleufe de fentimens & d'images ; de l'agrément, du touchant, du fombre dans les tableaux ; de la douceur, de la mélodie dans le ftyle ; de la fimplicité dans les fujets, du naturel dans les intrigues & les dénouemens ; un enfemble fi propre à l'expreffion du chant, aux mouvemens de la danfe, à la pompe des décorations, au merveilleux des machines ; tel eft le mérite d'Armide, de Roland, & de plufieurs autres Pieces de Quinault. Ce qui lui manque, ou plutôt ce qui manque à ce genre, c'eft la vraifemblance, la regle des unités.

Après avoir parlé de Quinault, il feroit inutile de faire mention de Danchet, de Duché, de Fontenelle, de Roy, de Cahufac, de la Font, de Montcrif, de l'Abbé Pélegrin, de Bernard, dont plufieurs fe font diftingués dans cette carriere. Lamotte me paroît mériter un article féparé, parce qu'il a ajouté à ce Spectacle des beautés nouvelles, quoique d'un degré inférieur. Son Europe Galante & fa Paftorale d'Iffé font pleines de fentimens agréables, & de tableaux où il a fu répandre un charme raviffant.

Corriger les mœurs en les imitant, en les

peignant de couleurs rebutantes & rifibles, eft
un de ces fuccès les plus difficiles à obtenir par le
génie. Le Siecle d'Augufte, dans cette partie, fe
trouve beaucoup au deffous de celui de Louis XIV.
Laberius & Publius Syrus excellerent dans les
mimes. Mais qu'étoit leur forte d'Ouvrage, finon
des farces où les jeux de mots, les quolibets, les
bouffonneries, les groffiéretés étoient prodigués
pour amufer le peuple, fi l'on en croit Horace?

Affranius réuffit dans la vraie Comédie; mais
nous n'avons que quelques fragmens de fes Pieces,
qui ne fuffifent pas pour analyfer & juger fes
talens. Refte Térence, la gloire des Latins. Cet
Auteur comique a mis du choix dans fes fujets,
de l'art dans fes deffins, de la décence, de la
moralité, du naturel, & fur-tout une grace
inexprimable dans fa maniere. On ne peut pas
faire parler plus agréablement fes perfonnages;
fon ftyle eft un vrai modele où la fimplicité eft
unie à la correction, à l'élégance & l'urbanité.
Mais Térence manque de force & d'action, fans
laquelle la Comédie languit par défaut d'intérêt:
il noue mal fes intrigues, & n'eft pas plus heureux dans le dénouement: il ne jette pas affez de
variété dans fes peintures; il n'approfondit point
fes principaux caracteres; il ne les compofe pas
de la réunion de tous les traits épars dans les individus de la fociété: il n'eft pas piquant; il

n'attache point, parce qu'il ne fait pas rire ; & il
ne fait pas rire, parce qu'il foutient trop la dignité
de fon ton. Quelle différence entre Moliere &
lui ! Le premier eut tous les talens du génie comique, un coup-d'œil d'obfervation à qui les plus
légeres nuances des travers & des ridicules n'é-
chappoient point ; une imagination qui peignoit
avec force ou avec grace, fans jamais s'écarter de
la Nature qu'il avoit prife pour modele. Piquant,
naïf, agréable, plaifant au plus haut degré, il
s'appropria toutes les fineffes, tous les fecrets,
toutes les reffources poffibles de fon Art, & les
déploya dans le Mifanthrope, le Tartufe, l'Avare,
les Femmes Savantes, les Précieufes Ridicules,
le Bourgeois Gentilhomme, avec un fuccès qui
infailliblement n'aura jamais d'égal. Il eft fimple
dans fes plans, & adroit dans l'intrigue ; il ne réuffit pas auffi bien dans le dénouement. Rapide dans
le dialogue, il ne fait jamais parler hors de propos
& rien dire d'inutile ; inépuifable en refforts, il lie
tout, il meut tout avec aifance ; rempli d'énergie,
de moralités & d'inftructions, une foule de fes
vers font paffés en proverbe. Il eft Poëte malgré
les négligences de fon ftyle, Poëte même dans fa
profe toujours vive & ferrée. Cet Auteur admirable a furpaffé de beaucoup tous les Anciens.

Renard & Dufrefny occupent chez nous la
feconde place, & quoiqu'ils foient fort éloignés

de Moliere, on doit néanmoins les mettre au
deffus des autres Poëtes comiques. La gaîté, la
plaifanterie, le fel, la facilité, le naturel, la
vivacité regnent dans les Comédies du premier.
Il a jufqu'à un certain point de cette force comique dont Térence étoit entiérement dénué, &
que Moliere avoit pleinement. Mais il n'a pas
créé de grands caracteres ; il peche quelquefois
contre la vraifemblance, il eft inégal & incorrect.
Dufrefny, qui lui auroit été fupérieur s'il avoit
plus travaillé fes Ouvrages, obfervoit avec fagacité, faififfoit très-bien les ridicules, & les peignoit à grands traits. Il y a des morceaux heureux, des fcènes frappantes, des coups de pinceau
qui feroient honneur aux plus excellens Maîtres
de l'Art. Ce qu'on défireroit dans lui, c'eft la liaifon, la régularité, dont il manque totalement. Le
Grondeur, le Muet, l'Avocat Patelin, de l'Abbé
de Brueys (a), font des Pieces bien intriguées,
bien conduites, & renferment des fituations
comiques qui fortent naturellement des fujets.
Il avoit l'efprit de la bonne Comédie. Le Sage
poffédoit le même talent ; il eft vrai dans le dialogue, gai, naturel, aifé. Turcaret, Crifpin
rival de fon Maître, operent toujours au théatre

(a) On fait qu'il travailloit avec Palaprat, qui avoit
beaucoup moins de talens que lui.

un effet favorable à leur Auteur. Le Glorieux
& le Philofophe marié ont fait un nom à Def-
touches, froid pour l'ordinaire, fans vigueur,
trop travaillé , peu propre au rire théatral, mais
noble & décent, fidele aux bienféances. La
Métromanie auroit fuffi à Piron pour lui affurer
une gloire immortelle. Que de fécondité & de
verve ! Quelle fource de beautés piquantes dans
un fujet fec , & qui ne prêtoit point au comique ! Que de mouvemens, de fituations, de
coups de théatre amenés de concert par la Nature & l'Art pour la perfection de la Piece !
Le Méchant, de Greffet, eft une galerie de
portraits coloriés avec élégance : l'efprit y pétille ;
on y trouve beaucoup de connoiffances des mœurs
du Siecle, & les caracteres y contraftent très-
bien enfemble. Quoique la Chauffée eût des
talens pour la Comédie, il n'avoit pas l'effentiel, celui d'amufer par des plaifanteries agréables. Craignant de ne point réuffir, il arracha
les bornes qui féparoient les empires de Mel-
pomene & de Thalie ; il unit l'une & l'autre
Mufe, & du mélange de deux tons contraires,
il forma un genre qui excite un double plaifir.
Je n'examinerai point ici s'il eft fondé fur l'ef-
fence des Beaux-Arts , je ne le mefurerai pas
avec le compas de la regle ; il me fuffira de dire
qu'on le fent avec tranfport dans les repréfen-

tations théatrales : c'en eft affez pour le juftifier. La Mélanide de la Chauffée, eft, dans le comique larmoyant, la meilleure Piece que nous ayons : l'intérêt eft vif, les fituations touchantes, le ftyle analogue aux convenances. Quel homme regarderoit d'un œil fec Dorviane voulant fe battre en duel avec fon pere qui lui eft inconnu ?

Poiffon, Dancourt & Fagan fe font acquis quelque réputation, qui ne mérite pas cependant que j'en expofe les titres. Ils n'ont, ainfi que Boiffi, aucun caractere marqué. Marivaut avoit beaucoup étudié le cœur humain, & les peintures qu'il en fait font fines & profondes. Il a un talent fingulier pour graduer, pour filer le fentiment. Il eft fâcheux que le bel-efprit l'ait égaré dans fa route, & qu'il cherche toujours à briller par des atours recherchés. Rien de plus entortillé, de plus précieux, de plus néologique que fon ftyle ; j'en dis autant de fes Romans.

Ce genre abfolument ignoré des Latins, a long-temps langui chez nous dans la médiocrité, par le trop grand merveilleux, par l'invraifemblance. L'Abbé Prevôt l'a tiré comme de fon néant, & l'a conduit aux principes du bon goût, en prenant pour guide la Nature. Madame de la Fayette n'avoit jeté que quelques lumieres ; c'étoit à l'Abbé Prevôt à éclairer. Comme il étoit doué d'une imagination riche & féconde , les événemens abondent fous fa plume fans fe heurter, fe croifer, fe confondre : il peint les mœurs avec intérêt, il exprime le fentiment avec chaleur, il anime, il charme, il paffionne. Son ftyle élégant, facile, harmonieux, l'a mis au nombre de nos meilleurs Ecrivains, quoiqu'il ne foit pas toujours pur. Si la fortune n'eût pas enchaîné fon génie, fi elle lui eût donné le temps de foigner fes Ouvrages au lieu de le faire travailler fans ceffe à de nouvelles Productions pour nourrir la curiofité du Public, l'Abbé Prevôt fe feroit fait une bien plus grande gloire. Semblable aux Auteurs Comiques, le Sage a cherché dans la Société les originaux de toutes les conditions qui fourniffoient matiere aux ridicules, & de cet affemblage d'êtres il a compofé fon Gilblas. C'eft ainfi que les Romans devroient fe faire : point de caricature, d'événemens extraordinaires, de merveilleux. Il a copié fidélement la Nature ; il a repréfenté à l'homme fon image, comme dans un miroir où il lui étoit impoffible de ne pas fe voir. Ce Roman même a une clef qui fait connoître les individus que l'Auteur avoit en vue ; tous les détails en font naïfs, piquans, agréables. Hamilton a fu donner à fes Romans un ton de légéreté , de gaîté , de plaifanterie , dont la France n'avoit fourni aucun exemple. Madame de Graffigni a peint quelquefois dans fes Lettres d'une Péruvienne , la paffion avec des traits de flamme ; c'eft bien dommage qu'elle raifonne froidement , fubtilement , & d'une maniere fophiftiquée , là où il ne faudroit que fentir avec tranfport. Sous le pinceau de Voltaire , le Roman a acquis une beauté nouvelle ; la Philofophie , fouvent dangereufe , s'eft alliée avec les graces , la profondeur avec la légéreté. Duclos a répandu beaucoup d'intérêt & de connoiffances du monde dans les Confeffions du Comte de ★★★. Ce Roman , un des meilleurs que nous ayons , eft écrit d'un ftyle ferme , animé , brillant & correct. Crébillon le fils a imité la Nature , & l'a exprimée avec une force mêlée d'agrémens ; mais c'eft une Nature corrompue , qui alarme la pudeur malgré la draperie des tableaux. Madame Riccoboni s'eft diftinguée par une variété dans les perfonnages , une vérité dans les caracteres , une fineffe dans les portraits , une délicateffe dans les fentimens , une douceur & une élégance dans le ftyle , par beaucoup de naturel & d'intérêt. Le fond de fes Ouvrages eft un peu trop trifte , & la couleur languiffante. Cette Auteur eft une de celles qui ont le plus contribué à la gloire de fon fexe.

A mesure que la carriere de la Littérature s'étend, le Siecle de Louis XIV augmente l'éclat de sa gloire, & affermit sa supériorité sur celui d'Augufte. Ce que Moliere est à Térence & à tous les Auteurs Comiques de l'Antiquité, La Fontaine l'est à Phédre & aux autres Fabulistes. L'Affranchi d'Augufte emprunte d'Efope la fimplicité, en y ajoutant les beautés de la Poéfie & les agrémens du ftyle. La fécherefle du Phrygien étoit rebutante, il l'orna de fleurs; fa morale eft pure, & naît du fujet; les perfonnages font deffinés d'après nature, & parlent tous leur vrai langage; fa narration eft ferrée; fon expreffion, d'une délicatefle, d'une élégance infinie. La Fontaine, moins châtié, moins précis, eft plus gai, plus aimable; il plaît davantage. C'eft la raifon qui parle par l'organe de fes animaux; mais la raifon affaifonnée de ce qu'il y a de piquant dans toutes les graces réunies. Inventeur même lorfqu'il ne femble que traduire, on ne trouve, ni avant ni après lui, des traces de fa maniere originale. Sublime dans les grands fujets, naïf dans les petits, touchant dans les pathétiques, faillant & vif dans les plaifans, fon génie eft fi flexible qu'il fe prête à tous les tons; la fimplicité en eft la compagne inféparable. Ses Vers, enfans de la Nature, s'épanchent avec abondance & coulent fans obftacle,

comme les eaux d'une fource vive qui fe re-
produifent fans ceffe , ne s'épuifent jamais , ba-
dinent à travers une prairie émaillée de fleurs.
Son ftyle, plein de couleurs & de poéfie, a la
candeur, & , fi je puis ainfi dire , la bonhomie
de l'Auteur. Rien n'eft choifi, tout naît fous fa
plume.

Ce Fabulifte inftruit chaque claffe de fes Lec-
teurs, depuis l'enfance jufqu'à la vieilleffe , depuis le trône jufqu'à la chaumiere. Ce n'eft point
un Moralifte dont le front hériffé annonce la
tempête, & qui parle d'un ton magiftral, comme
du haut d'une chaire; c'eft un Philofophe agréable,
qui converfe & préfente la vérité fous les at-
traits les plus capables de la faire aimer. En-
fant avec les enfans , homme avec les hommes,
il emmielle la coupe falutaire dans laquelle il
veut les abreuver tous. Socrate, au milieu des
fers , trouvoit une confolation à lire les Apo-
logues d'Efope; ceux de La Fontaine font un
préfervatif contre les paffions & les maux de la
Société.

La Motte, créateur du fujet de fes Fables, y a
mis de l'efprit & de la raifon; mais il en a épuifé
les détails. A des longueurs, ajoutez des penfées
plus brillantes que folides, plus fines que juftes,
une contrainte dans le ftyle, qui fait fentir la recherche. Richer, qui avoit moins d'efprit, me

paroît s'être plus approché du ton convenable à la Fable ; il a de la douceur, il eſt ſimple, & point trop réfléchi. Je m'arrête à ces trois Fabuliſtes ; peut-être même n'aurois-je dû parler que du premier. La hauteur où il eſt placé, la per-fection qu'il a donnée à ce genre fera toujours le déſeſpoir de ceux qui l'embraſſeront.

Parmi les Latins, Virgile eſt le ſeul dont la Poſtérité ait claſſé les Eglogues dans le petit nom-bre des livres de choix. Ses tours, ſes expreſſions, ſon ſtyle a réellement ce moëlleux & ce piquant qu'Horace lui attribue ; il reſſemble au doux ſon du chalumeau, qui porte dans le cœur l'amour des plaiſirs purs & tranquilles. Il renferme beaucoup de délicateſſe ; de ſentiment, de naïveté, de vérité ; ce n'eſt point une poéſie mâle, forte, ner-veuſe, brillante, ornée de faſte & de luxe, qui ne marche qu'environnée d'appareil ; ce ſont des tableaux d'un pinceau ſuave, d'une couleur fraîche & tendre ; ce ſont des payſages où tout retrace le ſilence des bois, le gazouillement des oiſeaux, le murmure des ruiſſeaux, la verdure des prairies, le goût des fruits, le bêlement des moutons, le chant des aimables Bergers. Si Virgile n'avoit pas quelquefois dans ſes Eglogues un peu d'obſcu-rité, s'il y mettoit toujours de la liaiſon & de l'ordre, s'il ſe ſoutenoit dans la molleſſe & les agrémens de ſon ton ; s'il étoit plus inventeur , on le placeroit au deſſus de Théocrite, qu'il a ſer-vilement imité.

Les François ne lui cedent pas la victoire. Ra-can a plus de fécondité, d'imagination, de génie. Les perſonnages, il les prend non dans les villes, mais dans les campagnes ; ils ſont dégagés de toute ambition & de tout orgueil. Les ſentimens, il les puiſe dans le ſein de la Nature ; ils ne ſont jamais outrés, affectés. Les peintures, il les trace d'après un modele exiſtant ; elles ont un coloris vrai. La compoſition de Racan a toutes les formes du ſtyle paſtoral ; ſes Bergeries ſont un Drame qui abonde en ſituations touchantes, en ſentimens délicats, en images gracieuſes, en mouvemens intéreſſans. Segrais eſt plus correct, moins négligé que lui, & il eſt auſſi doux, auſſi aiſé, auſſi ſimple & agréable. Madame Deshoulieres s'eſt élevée au deſſus de ſes contemporains, au deſſus même de tous les Modernes, & mérite d'être placée à côté de Virgile. Elle a un eſprit juſte, un tact fin, un goût exquis (a), une ſenſibilité vive, une imagination riante, le talent de faire de bons vers. Elle fond ſes penſées dans le ſentiment. Sa philo-

---

(a) Je parle de ſes Ouvrages, & non des jugemens qu'elle portoit ſur ceux des autres. La Critique qu'elle fit de Phédre de Racine, prouve qu'elle décidoit mal quelquefois, & qu'elle prenoit parti contre de bons Auteurs en faveur des mauvais.

sophie vient du cœur, la morale qui en découle est douce & bienfaisante ; elle n'a cependant pas toujours une empreinte pure. Que d'esprit sans étude ! que de bon sens, de finesse, d'idées, de clarté, de développemens, de facilité, d'harmonie, de poésie dans ses Idyles des ruisseaux, des oiseaux, des moutons, des fleurs ! Il n'y a rien dans l'antiquité qui plaise & qui instruise plus tout à la fois.

Le Barreau de Rome, fécond en illustres Orateurs, a jeté beaucoup d'éclat sur le Siecle d'Auguste. Marc Antoine (*a*) s'attacha moins à peindre, qu'à prouver fortement ; il négligea l'écorce pour cultiver le tronc de l'arbre, & lui donner une plus grande séve : aussi recueillit-il plus de fruits que de fleurs ; son éloquence un peu agreste étoit pleine de verve & entraînante, parce qu'elle portoit sur la raison qui domine toujours sur les esprits. Celle de Crassus avoit une force inférieure, mais elle étoit accompagnée d'élégance & d'exactitude. Si Cicéron ne lui a pas prêté son génie dans le morceau qu'il en a cité, on ne peut qu'avoir une idée très-favorable des talens de cet Auteur. Sulpitius étoit élevé, mais quelquefois à l'excès ; Cotta, coulant & agréable, mais

----

(*a*) Surnommé l'Orateur, pour le distinguer des autres qui ont porté le même nom.

ſans énergie ; Hortenſius, brillant & fleuri, mais manquant de ſolidité.

Cicéron les a tous laiſſés loin derriere lui. Son éloquence eſt un modele de raiſon, de ſentiment, & de ſtyle ; il convainc, il plaît, il perſuade. Fécond du côté de l'invention, preſſant dans ſes preuves, adroit dans la maniere de les arranger, lié dans le total, ſuivi dans ſa marche, touchant dans ſes péroraiſons, profond dans la connoiſſance du cœur humain, juſte dans ſes penſées, riche dans ſes tableaux, habile à exciter les paſſions & à profiter des plus petites circonſtances, grand, ſimple, orné, il réunit tous les talens & tous les tons. Ce qu'on trouve dans lui de répréhenſible, c'eſt le trop grand ſoin qu'il donne à ſa façon d'écrire, l'abondance des termes qu'il accumule juſqu'à la ſuperfluité, pour cadencer plus périodiquement ſa phraſe.

Quoique les François n'aient pas eu peut-être (a) un homme qui l'ait égalé, il y en a cependant qui l'ont beaucoup approché, & leur Barreau ne s'eſt pas moins rendu célebre que celui de Rome. Le Maître étoit né avec les talens de l'éloquence qu'il cultiva par l'étude des Langues & des Anciens ; mais il vint dans un temps où par malheur

____

. (a) Je dis *peut-être* ; ce qui ne détruit pas ce que j'avance enſuite ſur d'Agueſſeau.

le goût étoit dépravé. On ne pouvoit briller qu'en
se revêtant des lambeaux d'autrui. Il ne falloit
pas penser, mais citer. L'autorité de la raison
étoit regardée ·comme impuissante, si celle des
Ecrivains ne venoit à l'appui; & quels Ecrivains !
des Poëtes & des Saints Peres, qui n'avoient eu
aucune connoissance des Loix. Le Maître fut en-
traîné par le torrent; on trouve cependant du feu,
de l'énergie & de la bonne éloquence dans ses
Plaidoyers. Patru écrivit avec plus de goût; il mit
dans ses compositions de la clarté & de la méthode jusqu'alors inconnue. Econome de citations, il s'occupa beaucoup plus à raisonner qu'à
étaler une érudition qui étouffe les grands mouvemens. Sonore, nombreux, correct, mais peu profond & peu capable d'opérer ces étonnantes révo-
lutions qu'excite le génie, le Normand avoit de
l'élévation, de la justesse dans l'esprit, des lumieres, & un fond admirable de raison, qui lui faisoit
deviner la Loi, lorsqu'elle fuyoit de sa mémoire.
Il fut l'Oracle du Public, & l'on avoit tant de
confiance en lui, que les deux Parties s'en rap-
portoient fort souvent à sa décision. Cet éloge fait
autant d'honneur à ses vertus qu'à ses talens.
Sous la plume de Cochin, les beautés se multi-
plient en abondance; il emprunte des figures, la
pompe éclatante; des images, la vivacité & la
force; du langage, la dignité & les fleurs; des

penfées, le brillant & la folidité. Dès qu'il trouve
une preuve triomphante, il s'y attache de maniere
à la préfenter dans toutes fes faces, à la tourner, à
la retourner fans fatiété, parce qu'il la peint fous
des jours nouveaux & gracieux; effet de fa fécondité & de fon adreffe, qui feroit un défaut dans
tout autre genre. Légiflateur fage, Magiftrat profond, grand Jurifconfulte, Ecrivain éloquent,
Bel-Efprit Philofophe, d'Agueffeau fera vraifem-
blablement jugé par la Poftérité l'égal de Cicéron.
Il eft trop près de nous, & nous fommes trop loin
de l'Orateur Latin, pour décider fans préjugé &
fans prévention de la prééminence de ces deux
grands Hommes. Où trouver une profe plus noble,
plus harmonieufe, plus vive & plus ornée, que
celle de d'Agueffeau; un Auteur qui difcerne
avec plus de vérité, qui raifonne avec plus de juf-
teffe, qui applique avec plus de fagacité, qui pefe
avec plus d'exactitude, qui foit, en un mot, plus
abondant, plus clair, plus convainquant & per-
fuafif?

Les Lettres que Racine écrivit contre Port-
Royal, prouvent jufqu'à quel point il avoit le
talent de difcuter avec efprit & avec grace. Sa
réponfe à Thomas Corneille, lorfque celui-ci
remplaça fon frere à l'Académie Françoife, eft
de la plus grande nobleffe. Péliffon a fait en faveur de Fouquet, des Mémoires que Cicéron
                                    même

même n'auroit pas défavoués. Politique, raisonne-
ment, force, sentiment, tout y est bien fondu,
tout s'y appuie réciproquement. Une plaisanterie
fine, une éloquence mâle, un style dont aucune
expression, aucun tour n'a vieilli même après plus
d'un siecle, distinguent les Lettres Provinciales
de Pascal ; toutes cependant ne sont pas écrites
de la même sorte. On désireroit qu'elles eussent
un objet plus intéressant, & qu'elles ne fussent
pas infectées de l'esprit de parti.

La Chaire est le théatre le plus brillant où
l'éloquence Françoise se soit exercée. Bossuet
est imposant par l'élévation des pensées, la ma-
jesté des expressions, la force des tournures,
la beauté des figures. On ne sauroit refuser son
admiration à cet Ecrivain ; son éloquence pa-
roîtroit beaucoup supérieure à celle de Cicéron,
si l'on pouvoit les comparer ensemble.

Bourdaloue a eu la gloire de réformer le
mauvais goût qui régnoit dans la Chaire ; c'est le
Démosthene des Prédicateurs : il instruit &
éclaire. Occupé principalement à prouver, on
ne le voit pas courir après l'antithese, chercher
les graces de l'imagination, faire des tableaux
où l'esprit crayonne tous les traits ; c'est une force
continuelle de raison qui opere la conviction
dans les esprits les moins disposés à la recevoir.

Que de moralité à travers ses preuves ! que de

gravité & de noblesse dans son ton ! Bourdaloue est un des plus profonds raisonneurs, Massillon un des Ecrivains les plus élégans. Celui-ci plaît par l'agrément de ses peintures ; il a tous les charmes dont le style peut être revêtu ; délicatesse, grace, correction. Il exprime les mœurs & les passions en Orateur qui les a bien observées ; il a de l'onction & pénetre les cœurs. On voudroit seulement qu'il ne se repliât pas si souvent sur la même idée ; ce qui le rend lâche & diffus. Noble dans ses pensées, brillant dans son élocution, nombreux dans ses périodes, agréable dans la chûte de ses phrases, Fléchier a les grandes qualités de l'Orateur ; il les dépare par un art excessif, un trop grand appareil, un amour trop marqué pour l'antithese. Mascaron a plus de naturel, mais moins de beautés frappantes. La Rue écrit avec feu ; ses tableaux ont la verve d'un Poëte ; il éleve & attendrit. Le style de Cheminais est le langage de son ame : une aimable simplicité, une correction dégagée de travail, une douceur que son caractere lui inspiroit, une abondance de sentimens pathétiques, tels sont les traits qui font connoître cet Orateur ; observons qu'il est mort jeune, & qu'ayant une très-foible santé, il n'a presque jamais travaillé qu'au milieu des souffrances.

L'éclat de l'Empire Romain & la grandeur de ses Héros ont fourni aux Latins des sujets su-

blimes d'Hiftoire. L'amour de leur Patrie, la
beauté de leur Langue, l'élévation de leurs fentimens, l'étendue & la profondeur de leur génie,
les leur ont fait traiter avec une gloire à laquelle
il feroit bien difficile de rien ajouter. Dans le
Siecle d'Augufte on compte cinq Hiftoriens d'une
réputation immortelle. Sallufte eft le premier, &
peut-être le plus grand de l'antiquité. Il ne dit
que ce qu'il faut, & il ne manque jamais d'em-
ployer la maniere dont il faut le dire. Son récit a
du mouvement, fes harangues ont de la nobleffe,
fes portraits de la force, fa politique du bon fens,
fa morale de la vérité, fes penfées du nerf, fes
raifonnemens de la profondeur, fes tournures de
la vivacité, fes termes une très-grande énergie.
S'il penfe, c'eft toujours du fond des faits qu'il
fait fortir la lumiere, & jamais on ne s'apperçoit
que l'Auteur veuille attirer fur lui l'attention du
Lecteur ; s'il peint, c'eft toujours d'après les
traits naturels de fon Héros, & avec des couleurs
tranchantes ; s'il parle, c'eft toujours fans art ;
point de nuances qui amenent les phrafes & les
lient entre elles ; nulle tranfition, de peur d'affoiblir fon ton brufque & rapide. Il a fait un fi bon
ufage des vieilles expreffions, qu'on ne lui a
prefque pas reproché de s'en être fervi. Les Commentaires de Céfar fe font remarquer par la
fimplicité & l'élégance du ftyle. En ne voulant

recueillir que des matériaux, il a fait une Hiſtoire excellente. Rien de moins faſtueux, de moins orné, & cependant rien de plus agréable & de plus inſtructif. Ce Livre eſt un Code pour le Militaire, où il apprend les vrais principes de la guerre, & l'application qu'on doit en faire. Ici, l'humanité fait entendre ſes accens, & accuſe l'ambition d'avoir réduit en art le mérite d'égorger les hommes pour ſatisfaire ſes chimeres; mais puiſque c'eſt un mal exiſtant & néceſſaire, répandons-nous en louanges, à l'égard des Auteurs qui en ont écrit avec autant de ſuccès que Jules Céſar; louons ſur-tout ſa modeſtie d'avoir parlé de lui comme d'une perſonne étrangere, en faiſant le récit de ſes propres expéditions. Amateur de la vérité, Tite-Live a mis dans les faits l'exactitude & la fidélité, qualités auſſi rares que néceſſaires dans un Hiſtorien : ſon ſtyle renferme une prodigieuſe variété de tons; éloquent dans ſes harangues, coulant & agréable dans ſes narrations; orné dans ſes deſcriptions, mais ſans parure affectée; clair, nombreux, ſoutenu, reſpirant par-tout l'amour de la vertu, donnant des maximes ſages de conduite. On lui a reproché quelques expreſſions qui déceloient la Province où il avoit vu le jour; nous ne pouvons pas juger ſi ce reproche eſt fondé. Il en eſt deux autres qui nous paroiſſent plus ſenſibles; ſon attachement aux harangues, qui, malgré leurs beautés, ne laiffent pas d'être beaucoup trop multipliées, & fon penchant à flatter la puérile fuperftition du Peuple, en décrivant des prodiges inouis. Cornélius Népos a jeté beaucoup d'intérêt fur la vie de fes Héros : non feulement il les montre fur le champ de bataille, à la tête des armées & dans tout l'éclat de leur gloire, mais encore il en développe le caractere, il en fait connoître les mœurs, il découvre leurs fentimens, leurs penfées, leurs actions privées : il déchire le voile qui couvre leur ame, pour les expofer au grand jour avec tous leurs vices & toutes leurs vertus ; il peint l'homme méchant fous les couleurs les plus odieufes, & l'homme bon fous les plus féduifantes. Il y a du choix dans fes expreffions, de l'agrément dans fon ftyle, & de la folidité dans fes idées. Je remarquerai en paffant, que cette branche d'Hiftoire eft plus utile aux progrès des mœurs.

Velleïus Paterculus eft un Hiftorien châtié, énergique, élevé : il brille fur-tout par fa maniere de faire des portraits & de tracer des caracteres. Les traits en font ferrés & fortement penfés ; il feroit bien plus encore digne d'éloges, s'il n'avoit pas baffement encenfé Tibere, & dégradé fon pinceau à peindre en beau l'infame Miniftre de ce Tyran infatiable de fang humain.

C iij

Le Siecle de Louis XIV nous offre un bien
plus grand nombre d'Hiftoriens célebres, qui dif-
putent, enlevent même (*a*) la préférence aux Latins
dont je viens d'efquiffer la maniere. En effet,
que peut-on comparer au Difcours fur l'Hiftoire
univerfelle de Boffuet, monument le plus fier qui
ait jamais exifté? L'art oratoire, chofe étonnante,
s'y prête, s'y lie comme naturellement à l'Hiftoire, pour lui donner une teinte plus frappante.
Tout y eft grand, digne de la majefté du fujet.
Loix, Gouvernement, mœurs, fciences, caracteres, ufages, paffions, vertus, élévation, chûte
des anciens Peuples, rien n'y eft oublié. Les
caufes marchent avec les événemens. Quel en-
chaînement de faits; & quoi qu'en difent quelques
Auteurs eftimables, quelle philofophie dans le
plan & dans la maniere de l'exécuter!

L'Abbé Fleury a du jugement, de la fageffe,
du choix, & du goût. Le ton de fon Hiftoire Ecclé-
fiaftique eft fimple, noble, plein d'onction; les
difcours en font penfés & plus juftement eftimés.
On trouve dans Longueval (*b*) de l'imagination.
Berruyer eft un Hiftorien de génie, qu'il ne faut

____

(*a*) Je fais que mon opinion n'eft pas celle de la
multitude : mais fuit-il de-là qu'elle ne foit pas vraie?

(*b*) Son Hiftoire de l'Eglife Gallicane a été continuée
par les PP. Fontenai, Brumoi & Berthier.

pas juger fur fes paradoxes & fur quelqu'un de fes tableaux qui tiennent du Roman, mais fur l'art qu'il emploie pour lier les faits & en former un tout; fur l'intérêt de fes récits, fur la nobleffe de fes idées, fur le nombre périodique de fon ftyle.

Dans fon Hiftoire du Manichéifme, Beaufobre eft tout à la fois curieux, profond, favant, & bon Ecrivain. D'Orléans joint au talent de raconter avec grace, celui de rendre quelquefois les faits éloquemment. D'Avrigni a mérité d'être appelé le Flambeau de l'Hiftoire : fes Mémoires concernant l'Europe, offrent une critique judicieufe qui fouille dans les faits, les difcute, les pefe dans la balance de la vérité, avec une exactitude & une précifion féveres. L'Abbé de Saint-Réal eft le Salluste François ; fa Conjuration de Venife a la vivacité, la briéveté de ftyle qui fe trouve dans le Latin : les refforts y font admirablement développés, les faits bien fuivis, les caufes indiquées. Il eft des harangues qui pourroient figurer à côté des plus belles que les Anciens aient produites. Si Daniel eft incorrect, s'il manque de couleurs, & qu'il n'inftruife ni des mœurs ni des ufages, on ne lui refufera pas cependant le mérite d'avoir débrouillé le chaos des deux premieres races de nos Rois.

La Nature avoit donné à l'Abbé de Vertot les

talens les plus heureux pour exceller dans l'Hiftoire, un efprit obfervateur, du feu, des graces,
de la facilité. Peintre agréable, & quelquefois
nerveux, il n'eft pas affez fidele; il fe livre trop
à fon imagination, & fuit les pénibles recherches:
on le compare à Quinte-Curce, mais, à notre
avis, il lui eft fupérieur.

Rollin, dans fon Hiftoire Ancienne, eft fage,
judicieux, d'une faine morale, d'un ftyle pur, &
quelquefois éloquent. Bougeant eft un Hiftorien
admirable, dont le génie embraffe tout; con-
noiffance du droit public, jeux des paffions, profondeur de politique, exactitude de faits, impar-
tialité de jugement, peinture de caractere, rapidité de narration, agrément d'expreffion. Montefquieu a écrit l'Hiftoire de la grandeur & de la
décadence des Romains, en Philofophe qui approfondit les caufes des événemens, & en Peintre
qui exprime fortement la teinte de fes tableaux.
Si Voltaire n'eft pas un Hiftorien toujours vrai,
il eft du moins léger, agréable, brillant; fon
récit attache, fes portraits font deffinés d'après
Nature, & avec un pinceau large, fpirituel,
fenfé, noble, & quelquefois énergique. Le plan de
fon Siecle de Louis XIV, eft un des plus beaux
qui aient jamais été tracés. Le Préfident Hénault
a donné à fon Abrégé Chronologique la forme
la moins fatigante, la plus inftructive, la plus

claire & précife dont foient fufceptibles de pareils Ouvrages. Il n'oublie aucun événement remarquable, & l'accompagne fouvent de réflexions très-fages : il a le talent de l'ordre, de l'analyfe, & celui des portraits, dont plufieurs font des modeles. Il eft un de ceux qui, ayant écrit fur notre Nation, font tombés dans moins d'erreurs. Tournefort eft un Auteur qui ne court point après les prodiges, pour fe rendre plus recommandable, ainfi que le font prefque tous ceux qui donnent les récits de leurs Voyages. Il eft folide, vrai, éclairé, intéreffant.

L'Ouvrage de M. de Buffon demandoit & du courage pour entreprendre, & un génie trèsétendu pour exécuter. Avec quel feu, quelle variété, quelle pompe repréfente-t-il la Nature ! que fa touche eft mâle & fublime ! que fes couleurs font vives & brillantes ! fes peintures riches & magnifiques ! S'il s'éleve ou s'il defcend, il fe plie toujours à la forme de l'objet qu'il doit décrire ; il n'eft jamais ni au deffus ni au deffous. Les graces animent fon ftyle, caractérifé par toutes les beautés dont il peut être orné, & toute la magie qui peut féduire. Pline l'Ancien, qu'on peut placer parmi les Auteurs du Siecle d'Augufte, parce qu'il y a prefque vécu, s'eft ouvert une route immenfe. Le plan de fon Hiftoire eft effrayant par fon étendue, qui embraffe l'Univers entier ;

l'Auteur avoit fait de prodigieufes recherches ; il avoit lu près de deux mille volumes ; auffi fes connoiffances font-elles auffi variées que curieufes. Sa maniere de voir annonce un Obfervateur ; celle de s'exprimer eft grande, forte, concife ; mais il tient trop aux ufages, à la routine ; le préjugé l'entraîne, & la crédulité le jette contre mille écueils. Son ftyle eft dépouillé d'élégance, d'harmonie, de clarté ; il outre la vérité, & donne dans le faux des penfées. M. de Buffon eft plus Philofophe, & plus brillant Peintre. Qu'on l'accufe d'avoir donné dans l'amour des fyftêmes quelquefois trop hardis, qu'on dife même qu'il n'a fait qu'en rajeunir plufieurs par un changement de coloris ; on ne pourra jamais lui difputer la gloire d'être un très-grand Ecrivain.

Les Découvertes précieufes de Réaumur, & fon Hiftoire des Infectes, ne laifferont jamais oublier le nom de cet Auteur utile, dont la plume, quoique diffufe, a néanmoins de l'agrément & eft d'un homme d'efprit.

Le ftyle épiftolaire, d'autant plus difficile qu'il paroît aifé, a très-bien été faifi par Cicéron : fes Lettres peuvent fervir de modele. Une politique fage, appuyée fur le raifonnement & les connoiffances, regne dans celles qu'il a adreffées à Atticus : c'eft là qu'on le voit profond & grand homme d'Etat. Si le fens tarde quelquefois à fe faire comprendre, il ne faut l'attribuer qu'à la matiere, qui, par elle-même, eſt obſcure à cauſe des circonſtances & des événemens particuliers dont elle eſt enveloppée. Ses Lettres familieres ont cette ſimplicité qui eſt exprimée facilement & ſans étude. On diroit que les mots ſe ſont préſentés comme d'eux-mêmes au lieu de ſe faire chercher, & qu'ils ſe ſont placés naturellement ſous la plume de l'Auteur.

Le génie de Madame de Sévigné eſt plus fécond, plus varié : elle paroît converſer avec ceux à qui elle écrit, tant ſon élocution differe peu du langage ordinaire. Que de graces, de vivacité, de gaieté, de tours heureux, d'idées uniques, de ſentimens fins & délicats ! Tout plaît dans elle, juſqu'à ſes négligences. Son cœur eſt toujours d'accord avec ſon imagination ; ce que l'un ne lui fournit pas, l'autre le lui donne. Le ton de cette Auteur eſt bruſque, précipité, ſautillant, libre, tendre, remplie de charmes, & ſes Lettres ſont une ſource de beautés naturelles qu'il faut ſentir bien vivement pour pouvoir exprimer.

Madame de Maintenon en a fait de fort jolies ; mais en général elle ne raconte pas ſi gracieuſement ; elle eſt gênée, & ſe jette dans des inutilités qui ne parlent ni au cœur ni à l'eſprit.

Les Lettres Perſanes de Monteſquieu n'ont de la forme épiſtolaire que le titre ; le fond en

eft profond, le ftyle léger, la critique fine, judicieufe, mais quelquefois audacieufe à l'excès,
fur-tout en matiere de Religion.

Horace n'a, dans fes Satires, ni le tranchant
acier de Perfe, ni le fiel rebutant de Juvénal,
mais une ingénieufe plaifanterie, qui le fait tenir
d'affez près aux bons Auteurs comiques. Sa maniere, qui lui eft particuliere, eft affaifonnée du
fel le plus fin; il ne tonne point, il ne frappe
pas avec rudeffe, il pique feulement : il a foin
d'éviter les fougues qui tranfportent. Sa marche eft
modérée, fans être lente ; il a plus en vue d'atta-
quer les vices que les perfonnes ; auffi rarement
en défigne-t-il par leurs noms, & fes tableaux
font-ils pour la plupart généralifés. On reconnoît
les Satires, comme les Epîtres d'Horace, à une
tournure aifée, fimple & familiere, à une fleur
d'efprit & d'urbanité, qui montre bien que l'Auteur vivoit à la Cour d'Augufte ; à une raillerie
agréable & bien préparée, à une vérité, à une
raifon excellente, qui dominent dans tous fes
Ecrits : on y voudroit plus d'élégance, d'harmonie, d'images & de poéfie ; fon ftyle eft de la
pure profe.

Boileau a la même fineffe, la même gaieté,
le même bon fens, la même énergie, avec de la
correction, de l'agrément, du nombre dans le
ftyle : fon expreffion eft riche, belle, & fait image ;

ſes penſées ſont des maximes, & ſes tournures
ſont ſi vives & ſi plaiſantes, qu'elles ont fait
paſſer une foule de ſes vers en proverbe. C'eſt
un de nos Poëtes qu'on retient & qu'on cite le
plus. Horace eſt plus naturel; Boileau plus clair,
plus travaillé, plus parfait. Ces deux Auteurs fi-
gurent encore, comme rivaux, dans la Poéſie
didactique, où le Siecle d'Auguſte s'eſt élevé au
deſſus de lui-même.

L'Art Poétique d'Horace eſt un Recueil de
préceptes tracés par un goût exquis & une raiſon
éclairée ; c'eſt un tiſſu de principes vrais, fondés
ſur la nature & l'expérience, ſans leſquels un
Auteur erre dans le vague, & n'enfante que
des Productions bizarres, ſans ton, ſans unité,
ſans proportions, reſſemblant à peu près à ce
monſtre dont Horace lui-même décrit la forme.
Ces regles ſont générales, en très-grand nombre,
& s'appliquent également à tous les Beaux-Arts.
Il y a un ordre qui les unit ; mais cet ordre eſt
caché, l'art ne ſe fait pas ſentir. Il eſt ſingulier
qu'ayant à parler de la Poéſie, Horace n'ait pas
employé un langage plus figuré, plus riche, plus
harmonieux.

Boileau ne ſe contente pas de donner des préceptes, il y joint encore l'exemple. Sa verſifi-
cation eſt brillante, nuancée de couleurs vives,
douces, agréables. Tandis qu'Horace ſe concentre

dans un feul genre, la Tragédie, Boileau les embraffe prefque tous, & en donne les regles en détail : élevé dans l'Epopée, touchant dans le Tragique, plaifant dans le Comique, naturel & délicat dans l'Eglogue ; ainfi de prefque tous les autres genres, dont il prend tour à tour la maniere. Cet Ouvrage fait époque dans les Faftes de la Poéfie & du goût.

On ne peut rien lire de plus beau que les Géorgiques de Virgile ; c'eft un chef-d'œuvre de Poéfie, qui l'emporte fur tout ce qui a jamais été fait par les Latins. L'épine des préceptes y eft cachée fous les fleurs d'une élocution pure, choifie, continuellement élégante. Agriculteur, Virgile donne des leçons excellentes de cet art ; il inftruit avec folidité, & il eft bien furprenant qu'il foit tombé dans fi peu d'erreurs. Verfificateur, il imprime du mouvement à fon nombre, il fait tomber fes vers avec grace, il en varie l'harmonie. Poëte, il s'éleve, il peint, il anime, il embellit ; fes épifodes font admirables. Je fuis bien éloigné de vouloir comparer en ce genre des Poëtes François à Virgile ; mais de ce qu'il a abondamment moiffonné, il ne s'enfuit pas de là qu'on ne puiffe fructueufement glaner après lui. Je parlerai donc du *Prædium Rufticum* de Vaniere, du Poëme des Jardins de Rapin, du Poëme fur l'Agriculture de M. Roffet; Ouvrages dans lefquels il y a des détails très-bien faits, & qui annoncent des talens marqués pour la Poéfie. Le Traducteur en vers des Géorgiques de Virgile, M. l'Abbé de Lille, mérite d'avoir ici une place; il lui a fallu vaincre bien des difficultés pour plier la roideur de notre Langue à la foupleffe de ce genre, & faire adopter des termes qui jufqu'alors avoient été bannis de notre Poéfie trop timide.

Le génie de Lucrece confifte dans l'énergie du raifonnement, dans l'adreffe infinuante du fophifme, dans le feu, la nobleffe, la gravité de l'expreffion. Ses penfées ont un caractere de force, de liberté & d'audace, qui tient à fes opinions menfongeres. Sa maniere d'écrire eft nerveufe, mais profaïque & dure ; elle choque fans ceffe l'oreille; il femble que l'Auteur a dédaigné le mécanifme du vers pour ne s'occuper que des chofes. Le Cardinal de Polignac, qui l'a réfuté, n'a pas tant de verve, mais il a plus de douceur & de grace.

Les Latins du Siecle d'Augufte n'ont pas manié la lyre avec la fupériorité du Poëme didactique ; leur fuccès néanmoins a été très-brillant. Sous les doigts d'Horace, le ton de l'Ode s'éleve, s'abaiffe, fe varie à l'infini. Noble, riant, trifte, agréable, rempli de philosophie & de morale, à la vérité quelquefois dangereuse & épicurienne, de traits sentis & pensés, d'expressions figurées & poétiques, l'enthousiasme du sujet le suit par-tout. C'est là, & là seulement, qu'il a de la verve, la poésie, le génie de style ; Rousseau n'a rien à lui envier, & s'il ne remporte pas sur lui la victoire, il la lui dispute d'une maniere à la rendre bien indécise. Il est constamment sublime dans ses pensées & ses expressions, riche en rimes, brillant en images, harmonieux, élégant, savant dans la Mythologie, dont il seme les beautés avec un choix & un goût exquis. C'est non seulement un des grands Poëtes de notre Nation, mais même de toutes celles qui ont existé & existent encore. Ses Cantates, genre d'Ode que les Anciens ne connoissoient point, ont la même sublimité, & quelquefois ce sentiment, ces graces molles & flexibles qui obéissent si facilement au génie du Musicien. Quelle sagesse, quel bon sens ne remarque-t-on pas dans ses allégories ! tout y est réfléchi, pensé.

La Motte, qu'on a eu l'injustice de lui comparer, & qui ne sert qu'à faire voir combien Rousseau est grand, a réussi dans ses Odes anacréontiques. Il en est plusieurs où il y a du naturel, de l'esprit, de la facilité, de la délicatesse.

Nous ne connoissons aucun Ouvrage de Grammaire

maire qui ait été fait par les Latins. Nous favons feulement que Meſſala, Varron, Jules-Céſar, Cicéron, avoient travaillé ſur cette partie ; mais leurs Ouvrages (a) ont péri dans la nuit des temps. Le Siecle d'Augufte n'a fourni que deux Rhéteurs, Cicéron, & Séneque appelé le Rhéteur pour ne pas le confondre avec celui du même nom. Je ne parlerai pas de ce der‑ nier ; ſes Ouvrages ne font pas corps, & ils font trop informes. Les jeux de mots, l'anti‑ theſe, l'eſprit, l'affeⅽtation, la recherche gâ‑ tent tout ce qu'il peut avoir de bon.

Parmi les Ouvrages de Rhétorique que Ci-céron a laiſſés, on en compte trois qui font des Traités parfaits, les trois Livres de l'Ora-teur, l'Orateur, & le Brutus. Les trois Livres de l'Orateur forment une excellente Rhétorique, dans laquelle toutes les regles de l'art font tracées. Il y regne une aiſance libre, qui, ſans s'aſſervir à aucun ordre marqué, eft cependant toujours dirigée par la méthode, une grande ſolidité de raiſon, un agrément de diⅽtion qui corrige l'aridité de la doⅽtrine. L'Orateur eft un tableau où Cicéron a ramaſſé tous les traits poſſibles d'un Orateur parfait. On y voit les grandes idées qu'il avoit

---

(a) Nous n'avons que celui de Varron ſur la Langue Latine.

fur l'Eloquence. Son Brutus eft une fuite charmante de portraits, où les Orateurs Grecs & Latins font peints, chacun en particulier, d'après leur propre phyfionomie. L'Auteur y a employé une très-grande variété de couleurs & de pinceaux. Tous ces Ouvrages font femés de réflexions les plus judicieufes.

Le Siecle de Louis XIV a fourni plufieurs Grammaires pour la perfection de notre Langue ; celle que nous croyons la plus eftimable, eft la Grammaire de Port-Royal, faite par Arnaud & Lancelot. Les définitions y font précifes & claires, les regles sûres, les exceptions bien détaillées, les exemples juftement appliqués. Les Remarques de Bouhours fur la Langue Françoife, ont de la folidité. Les Tropes de Dumarfais, qui ne font qu'un chapitre de la Grammaire générale qu'il fe propofoit de donner au Public, atteftent que leur Auteur avoit une métaphyfique lumineufe, une profondeur de raifonnemens, un génie né pour fixer les principes des Langues. L'Abbé Girard a mis (a) dans fes Synonymes

---

(a) M. l'Abbé Roubaud fera bientôt imprimer trois volumes de Synonymes bien fupérieurs à ceux de l'Abbé Girard. C'eft lui qui a trouvé la vraie maniere d'en faire. A juger de fon Ouvrage par ce que j'en ai lu, on doit le regarder comme une des plus belles productions qui aient jamais paru. Les penfées y abondent &

François beaucoup d'efprit, de graces, de difcernement & de fineffe ; mais il en eft plufieurs qui font manqués, étranglés, faux, & mal faifis. Il donne trop d'étendue à l'arbitraire ; il ne creufe pas dans la racine des mots, il néglige leur étymologie, leurs dérivés ; de là des diftinctions fondées fur de mauvais motifs. L'Abbé d'Olivet eft le premier qui ait donné à notre Langue une Profodie. Son Traité demande d'être médité par ceux qui, avec raifon, ne regardent pas comme inutiles le fens & l'arrangement des mots.

Les Réflexions de Rapin fur l'Eloquence & la Poéfie forment un Code de regles dictées par le bon goût, & l'on ne fauroit trop en confeiller la lecture aux jeunes gens. La maniere de bien penfer dans les Ouvrages d'efprit, par Bouhours, eft le meilleur préfervatif contre les pointes, l'affectation, le clinquant. La Rhétorique de Gibert eft fort utile par la vérité des principes qu'il y a raffemblés, mais elle eft écrite avec une féchereffe dégoûtante.

Le *Ratio difcendi & docendi*, de Jonvenci, eft fait avec choix & lumieres ; il doit être regardé comme un Ouvrage élémentaire, tant

---

étonnent par leur profondeur ; les définitions & les applications en font très-juftes, les raifonnemens fages & bien fuivis, les connoiffances étendues, le ftyle élégant & énergique, les exemples remplis de moralités.

pour les Ecoliers que pour les Maîtres. Que di-
rons-nous du Traité des Etudes de Rollin,
monument élevé à la gloire du goût épuré &
des connoiffances folides ? Formé fur les plus
grands Auteurs de l'Antiquité, il eft un guide
à la trace duquel on ne doit pas craindre de
s'égarer. Ses principes font certains, fes penfées
juftes, fon ftyle un chef-d'œuvre d'harmonie,
d'ornement, d'élégance. De temps en temps,
il eft un peu trop diffus, fleuri, & manque
d'ordre.

Les Anciens ont ignoré ce que les Modernes appellent des Pieces fugitives; le fceau de
ce genre eft celui de l'efprit, du naturel, du
fentiment, d'une négligence aimable. Tel eft
le caractere de Chaulieu & de Chapelle, dont
les Ouvrages refpirent une liberté beaucoup trop
cinique. Pavillon & Ferrand les ont fuivis de
près. Lafare & S. Aulaire ont fait revivre Anacréon, & fous leurs cheveux blancs ont montré
les fleurs de l'imagination la plus agréable. La
maniere de Defmahis (a) eft marquée par le
brillant & la philofophie. La légéreté & les

____

(a) Edition de M. de Trefféol, qui, né avec des
talens marqués pour l'éloquence, dont il a donné des
preuves dans des Difcours & des Éloges, en a donné
également de fon goût, en corrigeant les manufcrits de
Defmahis.

graces diſtinguent Bernard, Léonard & Berquin. Greſſet a du piquant & un charme qui
enchantent dans ſon Ververt, ſa Chartreuſe, ſon
Epître au P. Bougeant, que nous mettons au rang
des Pieces fugitives, parce qu'ils en portent l'empreinte. Ce Poëte plus que Bel-Eſprit a trop d'a-
bondance; on pourroit le comparer à un arbre ſur-
chargé de fleurs. On convient univerſellement que
la palme de ce genre doit être adjugée à Voltaire;
il n'y a rien de plus varié, de plus agréable
que ſes Pieces fugitives. Chaque coup de pinceau qu'il donne, produit une grace d'une eſpece
différente. Le ſentiment, la penſée, l'imagination s'y prêtent mutuellement leur appui; c'eſt
un aſſemblage de fleurs délicates, dont la vue
excite un doux plaiſir; l'Auteur tire parti de
tout; le plus petit événement, la plus légere
circonſtance eſt pour lui une mine dont il extrait
un or pur. Perſonne n'a mieux connu l'à propos.
Je pourrois encore citer pluſieurs Auteurs, entre
autres M. le Cardinal de Bernis qui a répandu
dans ſes vers des images belles & riantes; MM.
Léonard & Berquin qui ſe font diſtingués par la
douceur & la ſenſibilité de leur Poéſie.

Parmi les Ecrivains du Siecle de Louis XIV,
on trouve des modeles pour toutes les Pieces
courtes, dont le mérite vient d'une penſée ingé-
nieuſe, intéreſſante, d'un tour heureux, d'un

trait, d'une pointe naturellement amenée, tantôt
piquante, tantôt gracieufe, d'un fentiment délicat, d'une naïveté poufsée quelquefois jufqu'au
ftyle de nos vieux peres. Boileau, Racine, Rouf-
feau, le Chevalier de Cailly, Gombaut, Barra-
ton, la Monnoye ont été de bons Epigramma-
tiftes; les trois premiers fur-tout ont excellé. M.
de la Sabliere a fait des Madrigaux de la plus
grande délicatefse. Des Barreaux, Voiture, Ran-
chin ont donné des exemples parfaits du Sonnet,
du Rondeau, du Triolet. De tous les Auteurs du
Siecle d'Augufte, on ne peut citer que Catulle
pour l'Epigramme; encore manquoit-il du fel né-
cefsaire à l'afsaifonnement de ce genre.

Il a infiniment mieux réufsi dans l'Elégie, & il
faut avouer qu'en ce point, le Siecle d'Augufte
eft fupérieur à celui de Louis XIV. Le fentiment
anime les vers élégiaques de Catulle, dans lefquels
il n'eft rien qui fente le travail; c'eft le cœur
feul qui l'infpire, qui lui fournit les couleurs
molles & languiffantes de fon pinceau; le ftyle
en eft élégant & moëlleux. Tibulle eft également-
ment tendre & délicat. Properce appuie davantage fa plume; mais fi elle eft plus ferme, elle eft
auffi moins fine & moins légere. L'emploi qu'il
fait fouvent de la Mythologie & de l'Hiftoire,
jette fur fes Ouvrages de l'obfcurité, leur donne
un air de contrainte & d'érudition, que l'Elégie

ne comporte pas. Ces Poëtes ne refpectent pas affez les mœurs ; leurs tableaux ne font pas gazés ; le feu de la paffion les a emportés au delà des bornes de la décence, fans laquelle un Ecrivain n'eft pas digne de l'eftime publique. Ovide a, dans fes Elégies, le défaut de toutes fes autres Pieces, celui de mettre de l'efprit, & d'être verbeux : ce défaut eft encore ici moins excufable ; la douleur ne s'exprime pas par des circonlocutions & des phra-fes compaffées, où l'art fe montre à découvert ; fon langage eft précis, & plus elle eft profonde, moins elle parle. Les Elégies de Madame de la Suze font trop fades & langoureufes ; elles manquent d'ailleurs par la correction & le goût. Madame Deshoulieres nous en a donné quel-ques-unes de charmantes. On retrouve dans fon Iris le ton de Catulle, dont elle avoit le génie.

La Philofophie, que Socrate attira du Ciel pour venir éclairer la terre & en faire le bonheur, renferme plufieurs branches, qui ont chacune leur degré d'utilité. Je comprends fous ce nom la Dialectique, la Morale, la Politique, la Jurifpru-dence, les Mathématiques. Ces Sciences ont un rapport marqué, qui les lie prefque toutes affez étroitement. Le Siecle d'Augufte a eu en morale, P. Sirus. Ses fentences qu'il a mifes en vers, étoient très eftimées de fon temps ; & quoiqu'elles le foient moins de nos jours, on en fait cas cependant encore. Celui qui parle de fageſſe pour rendre meilleur le cœur de l'homme, s'adreſſe à tous les Siecles, qui, malgré les vices dont ils ſont captivés, ne peuvent lui refuſer leurs ſuffrages. Les Livres philoſophiques de Cicéron offrent çà & là de très-bonnes regles de Dialeclique, de Morale, de Politique, & de Droit public. Voilà toutes les richeſſes du Siecle d'Augufte dans le champ de la Philoſophie, en prenant ce terme dans l'acception étendue que je lui ai donnée. Combien les François ne ſont-ils pas au deſſus des Latins ?

Et d'abord, à commencer par la Dialeclique, Defcartes peut être comparé à Ariftote, dont il a briſé l'Idole que nous encenſions aveuglément. Avant lui, l'efprit étoit comme emmaillotté dans les langes du préjugé ; Defcartes lui a donné ſon eſſor. Pere de la Philoſophie penſante, il nous a appris à douter, à marcher, dans la voie de la Na- ture, avec le fil d'une méthode ſûre. Il s'eſt trompé quelquefois, mais ſes erreurs nous ont inſtruits ; & quoiqu'il ne ſoit plus ſuivi dans ſes ſyſtèmes, nous lui devons & les lumieres, & les vérités, & la force dont notre amour-propre ſe pare avec tant d'orgueil. Les Méditations & le Difcours ſur la Méthode de Defcartes ſeront tou- jours lus avec fruit, lorfqu'on voudra y apporter quelque attention.

Rien n'eſt plus capable de former le jugement, que l'Art de penſer. Cet Ouvrage d'Arnauld en très-grande partie, marque avec diſcernement & juſteſſe les principes du raiſonnement. Arnauld avoit de l'imagination, de l'éloquence, une forte logique, un grand fond de connoiſſances qu'il conſuma vainement pour ſoutenir le parti qu'il avoit embraſſé.

Bayle étoit doué d'un génie des plus pénétrans. Sa maniere de raiſonner eſt preſſante & profonde ; il s'appuie ſur les principes, & il en tire des conſéquences enchaînées avee tant d'art, qu'elles forment une entiere conviction ; Ecrivain dangereux, qui renverſe ce qu'il édifie, qui éleve ce qu'il détruit, qui ſe joue de la vérité, qui la traveſtit, la défigure, la mêle avec l'erreur, en la revêtant des couleurs du ſophiſme, qui brouille & confond tout. Gaſſendi avoit de la force dans la tête ; & quoiqu'il n'ait bâti ſes ſyſtemes que ſur les idées des Anciens, il les a tellement dépouillées de leurs chimeres, qu'il paſſe pour avoir été un Philoſophe raiſonneur.

Le Traité de la Religion Chrétienne par Abadie, eſt fort de choſes & de preuves bien liées. Au flambeau d'une Métaphyſique lumineuſe, Mallebranche a trouvé beaucoup de vérités. Né avec une belle imagination, il s'eſt familiariſé, ſi je puis ainſi dire, avec cette faculté ; il l'a étudiée, pénétrée, & en a découvert les erreurs, ainſi que celles des ſens ; il n'y a qu'un pas à faire pour ſaiſir les ſecondes, lorſqu'on a trouvé les premieres. C'eſt le ſuccès qu'a eu Mallebranche. De là il s'eſt enfoncé dans l'abîme de l'ame ; & ſi ſon ſyſtème de tout voir dans Dieu n'a pas beaucoup de partiſans, on ne niera pas qu'il prouve du moins une maniere neuve de penſer, & beaucoup d'eſprit pour l'arranger de la ſorte.

La Poſtérité admirera la Préface des Mémoires de l'Académie des Sciences, & l'Hiſtoire de la même Académie par Fontenelle. Un grand ſens, une raiſon éclairée, des idées profondes, un ordre ſuivi, un talent merveilleux pour mettre les Sciences abſtraites à la portée des eſprits vulgaires, & pour concilier dés opinions contraires, les rendent vraiment philoſophiques. Cet Auteur univerſel a fait les Oracles, la Pluralité des Mondes, les Dialogues des Morts, où la fineſſe eſt jointe avec la force, le brillant avec le ſolide. Un peu de néologiſme & d'affectation nuit à ſes Ouvrages. Ses Eloges des Académiciens ſont beaucoup ſupérieurs aux autres, & peuvent ſervir de modele à peu de choſes près.

Le génie de Fontenelle ne s'étoit point éteint, avec lui, & l'on peut dire qu'il avoit paſſé dans un homme non moins célebre, que l'Académie Françoiſe ſe glorifie d'avoir eu à ſa tête. La Préface du

Dictionnaire Encyclopédique par d'Alembert, plufieurs articles du même Ouvrage, faits par lui, fon
Effai fur les Gens de Lettres, fes Eloges des
Académiciens, attefteront la fagacité de fon
jugement, la fineffe de fes obfervations, l'art fingulier de fes rapprochemens ou paralleles, la
délicateffe de fon goût, enfin la fenfibilité, la
franchife, le défintéreffement de fon ame.

La Motte le Vayer, quoique Sceptique, &
Saint-Evremont, quoiqu'Epicurien, ont répandu
dans leurs Ecrits des traits d'une fage morale.
C'eft aux efprits inftruits à en faire le choix. Les
Effais de Nicole font un corps folide d'inftructions, dont beaucoup de morceaux peuvent-être
comparés en ce genre aux plus beaux de Platon,
d'Epictete, de Pithagore, de Cicéron, de Séneque. Le Duc de la Rochefoucault a peint dans
fes Penfées & Maximes, le cœur humain avec
autant de fidélité que de force. Son ftyle eft celui
d'un homme de Cour, ferré, noble, élégant.
Que de vérités il a fait fortir d'un feul germe !
que de chofes penfées & intéreffantes ! combien,
après les avoir lues, on fe met en garde contre les
paffions & l'amour-propre qui en eft la fource ?

La Bruyere a écrit d'après fes idées, & n'a produit que de foibles Imitateurs ou de mauvais Co-
piftes. Ses Caracteres font l'analyfe des profondes
obfervations qu'il avoit faites fur les hommes.

Que de raifon & de fageffe ! que de beautés nouvelles ! que de traits hardis, étincelans ! quelle
ame, quelle vérité dans fes tableaux, même
lorfqu'il les charge ! quelle énergie, quelle rapidité, quelle précifion dans le ftyle ! que de connoiffances dans les mœurs & les ridicules ! C'eft
l'Ouvrage que les Auteurs comiques doivent le
plus lire, après avoir étudié le grand Livre de la
Société, & l'Ecrivain inimitable qui eft leur
modele. Il y a dans les Confidérations & les
Mémoires pour fervir à l'Hiftoire des Mœurs du
dix-huitieme Siecle, par Duclos, des réflexions
fines, de la fagacité, de l'efprit ; mais la maniere
en eft petite, froide, précieufe.

L'Abbé Trublet, dans fes Compilations, ne
manque pas de chofes folides & vraies, & fa
façon de les rendre n'eft pas fans mérite. Touf-
faint eft plus moral, plus penfeur, plus Philofophe que ces deux derniers, quoiqu'il ait bien
des détails en tout fens répréhenfibles.

L'Efprit des Loix, par Montefquieu, eft un des
plus majeftueux édifices que le Génie ait élevés à
l'honneur de notre Nation. Cet Ecrivain y trace
les mœurs, les caracteres, les Gouvernemens,
les Coutumes des Peuples en homme profondé-
ment inftruit. La Politique lui a mis en main fes
grands principes, la Morale lui a dicté fes belles
maximes, l'humanité lui a infpiré fa fenfibilité

touchante, l'imagination lui a communiqué sa flamme active. Auteur éloquent, c'est Platon qui dicte des Loix sublimes; Peintre énergique, c'est Tacite qui s'exprime en traits de feu. Ne pouſſons pas nos éloges à l'excès, & évitons l'écueil contre lequel donnent pluſieurs Enthouſiaſtes, qui ne voient dans cet Ouvrage que des beautés ſans défaut. Un des plus grands, à notre avis, c'est celui de ne trouver aucun ordre, ni dans le plan, ni dans les chapitres; ce défaut va même quelquefois juſqu'aux penſées. Pluſieurs faits y ſont faux, pluſieurs autorités mal appliquées & trop obſcures, pluſieurs citations haſardées, pluſieurs principes erronés, pluſieurs vérités déguiſées, pluſieurs opinions à paradoxe affirmées avec le ton de la certitude & ſans preuves, pluſieurs ſyſtêmes pris ſans en indiquer les vrais Auteurs. La liberté y eſt changée en audace, qui frappe indiſtinctement ſur les objets les plus reſpectables, & il y a beaucoup de penſées, de détails, que la ſaine raiſon condamne. Ces louanges & ces critiques ſe concilient aiſément, pour peu qu'on connoiſſe l'eſprit de l'homme.

Les Loix civiles ont été plongées dans le chaos juſqu'au moment où Domat les en a tirées pour les expoſer dans leur ordre naturel. Son Ouvrage, écrit avec diffuſion, ſubſiſtera toujours, parce qu'il y a parlé le langage de la Nature, de la

raifon & de la Philofophie. Le Chancelier d'A-
gueffeau en penfoit ainfi, il eftimoit beaucoup ce
Jurifconfulte.

Pafcal, le Marquis de l'Hôpital, de la Hire,
Reynaud, Caftel, Clairaut, Bouguer, l'Abbé
de la Caille, Fontaine, d'Alembert, ont donné
des Ouvrages de Mathématiques très-eftimés. Le
premier & le dernier fe font fait la réputation
d'hommes de génie en Géométrie.

Je viens de parcourir à grands pas la vafte
carriere de la Philofophie. Quel eft le Peuple
ancien ou moderne, qui puiffe fans défavantage
foutenir le parallele avec la Nation Françoife?

De là, fi nous paffons à la Traduction & à la
Philologie, nous verrons le Siecle Littéraire de
Louis XIV recevoir une nouvelle gloire, & ren-
forcer fon triomphe fur le Siecle d'Augufte. Celui-
ci ne nous a laiffé aucune Traduction, & le
nombre de fes Savans fe borne à Varron & à
Afconius Pedianus. Le premier avoit une érudition prodigieufe; il avoit fait fur divers fujets
environ cinq cents volumes qui fe font perdus. Il
nous refte du fecond quelques-unes de fes Notes
fur des harangues de Cicéron, que plufieurs Com-
mentateurs modernes ont prifes pour exemple.

La Nomenclature de nos bons Traducteurs qui
ont vécu fous le Siecle de Louis XIV, s'étend à
un affez grand nombre, quoique notre Langue fe

plie difficilement à rendre les beautés des Langues mortes. Une des plus anciennes & de nos meilleures Traductions, c'est celle de Quinte-Curce par Vaugelas, à laquelle il travailla pendant trente années. Le bel-esprit de l'Auteur Latin y paroît avec son brillant & ses graces apprêtées. Cette Traduction a vu le jour depuis plus d'un siecle, & il est très-peu d'expressions qui aient cessé d'être en usage : l'Auteur avoit bien étudié la Langue ; ses remarques en font foi. Je ne parle ni d'Ablancourt, ni d'Amelot, Traducteurs du second ordre. Le Traité du sublime de Longin a été rendu en françois par Boileau, d'un maniere digne de l'un & de l'autre. L'Abbé Gédoyn a très-bien traduit Quintilien & Pausanias : on prendroit ses versions pour des originaux.

L'Abbé Mongaut nous a donné en françois l'Histoire d'Hérodien, & les Lettres de Cicéron à Atticus. Ces deux Ouvrages passent à juste titre pour être excellens. Nous avons une autre Traduction de ces mêmes Lettres par l'Abbé de Saint-Réal, mais qui n'est pas si bonne. L'Abbé Prevôt a traduit avec succès les Lettres familieres de Cicéron. L'Abbé Collin, l'Abbé d'Olivet & Bougainville se sont distingués en ce genre, le premier par une traduction (*a*) des trois Livres de

---

(*a*) La Préface Françoise que l'Abbé Collin a mise à la tête de sa Traduction, est d'un Littérateur plein de goût, & peut servir de rhétorique.

l'Orateur de Cicéron ; le fecond, par celle de
plufieurs Ouvrages du même Auteur & de quelques Harangues de Démofthene ; le troifieme,
par la Traduction de l'Anti-Lucrece du Cardinal
de Polignac, où il lutte quelquefois contre l'ori-
ginal, de maniere à remporter la victoire. Son
Difcours préliminaire eft d'ailleurs très-bien écrit,
quoiqu'il y ait trop de prétention dans le ftyle.
Dans fes morceaux choifis de Tacite, d'Alembert
a fouvent rendu l'énergie, & plus encore la conci-
fion du latin.

Jetons un coup-d'œil fur nos Philologues du
Siecle de Louis XIV. Saumaife eft à leur tête.
Il avoit une mémoire finguliere, qu'il excerça
conftamment par la lecture de toutes fortes d'Ouvrages. Ses Commentaires fur les Auteurs de
l'Hiftoire d'Augufte, & plufieurs autres, font
d'une érudition très-rare, même de fon temps,
où toute la gloire littéraire fe bornoit aux lumieres ; mais il n'étoit qu'érudit. Petau, fon antago-
nifte, étoit véritablement favant. Une critique
judicieufe & un efprit de fyftême accompa-
gnoient fes connoiffances. On peut mettre de ce
nombre, à un degré plus ou moins inférieur,
Mabillon, Montfaucon, Sirmond, Monfieur &
Madame Dacier, Thomaffin, Huet, Longuerue,
la Monnoye. Un des plus laborieux Compilateurs
que la France ait produits, c'eft Calmet. Quoique

que l'amour de la Science fe foit perdu de nos jours, depuis que le bel-efprit a dominé dans notre Littérature, & y a introduit un goût de fuperficie, ennemi des vraies connoiffances & de la profondeur, nous ne laiffons pas néanmoins d'avoir encore des Savans. L'Abbé Brotier, en continuant Tacite, & en donnant une édition de Pline le Naturalifte, s'eft fait la réputation d'un Savant qui en même temps eft homme de génie.

Avant de finir, ramaffons les traits du parallele, & voyons en faveur de qui doit pencher la balance. Le Siecle de Louis XIV eft égal à celui d'Augufte, dans l'Epopée, l'Ode, l'Eglogue, la Satire, la Rhétorique, le genre Epiftolaire ; il lui eft inférieur dans l'Elégie, le Poëme didactique, & peut-être dans l'Eloquence du Barreau. Il eft élevé au deffus de lui dans la Tragédie, la Comédie, la Fable, l'Hiftoire, la Grammaire, la Morale, la Dialectique, la Politique, la Jurifprudence, les Mathématiques, la Traduction, la Philologie. Il a fourni des modeles dans l'Opéra, l'Eloquence de la Chaire, la Cantate, le Roman, les Pieces fugitives dont les Ecrivains du Siecle d'Augufte n'ont point eu d'idée. Sous le Siecle François, une foule de Littérateurs dans chaque genre fe font multipliés & partagés dans le Monde, pour y répandre le goût de la Science. Que conclure de tout cela ? finon que ce Siecle

E

l'emporte fur l'autre, relativement aux Lettres
& aux Sciences. On n'a point eu de peine à fe
perfuader cette vérité, fi l'on nous a fuivis dans
tous les détails qui en dépendent, avec droiture
& juftice, qualités effentielles fans lefquelles la
raifon perd fa force, la démonftration fa lumiere,
& l'efprit refte toujours fous l'enveloppe des
fauffes opinions qui le captivent.

F I N.